Disney les fées

La fée Clochette

Novélisation : Natacha Godeau
Conception graphique : Valérie Gibert et Philippe Sedletzki

Hachette Livre, 43, quai de Grenelle, 75015 Paris

Disney les fées

La fée Clochette

HACHETTE

Clochette

Clochette vient juste de rejoindre le Pays Imaginaire. C'est une Fée Bricoleuse vraiment très douée ! Elle a plein d'idées d'inventions, et elle est toujours partante pour vivre de nouvelles aventures… peut-être même un peu trop !

Noa

C'est une Fée des Animaux : elle les comprend mieux que personne.

Ondine

Ondine est une Fée des Eaux. Les mers et les rivières n'ont aucun secret pour elle !

Rosélia

Roselia est une Fée des Jardins. Grâce à elle, les fleurs du Pays Imaginaire sont les plus belles du monde !

Iridessa

Cette Fée des Lumières est très rigolote. Sa spécialité ? Faire des blagues, bien sûr ! Mais elle sait aussi faire apparaître de magnifiques arcs-en-ciel.

Savez-vous...

Qui veille sur notre monde
et les saisons ? Qui réchauffe
l'été, endort l'automne, givre
l'hiver et réveille le printemps ?
Ce sont les Fées, bien sûr !
On ne les voit jamais,
mais la nuit, elles sortent
parfois de leur cachette.
Et si on tend bien l'oreille,
on peut entendre leurs ailes
s'agiter à la fenêtre,
ding-deling !

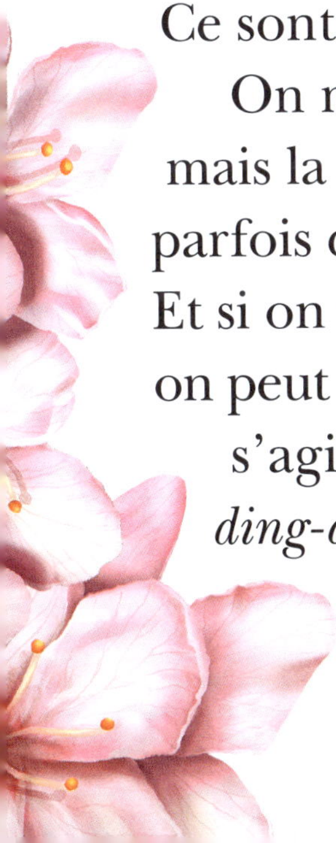

Eh oui : les Fées naissent du premier rire d'un bébé !

Tiens ! L'une d'elles s'échappe justement d'un berceau.

Elle n'est encore qu'un souffle léger. Elle s'accroche à un pissenlit et s'élève vers le ciel. Elle traverse les nuages, contourne la deuxième étoile à partir de la gauche... et atterrit au Pays Imaginaire !

CHAPITRE 1

BIENVENUE, CLOCHETTE !

La future Fée se pose en douceur dans le plus grand arbre de la clairière. Vite, les habitants de la Vallée des Fées accourent pour l'accueillir. Une nouvelle venue, quelle chance ! À quoi ressemble-t-elle ?

Terence, le gardien de la Poussière d'Étoile, s'approche. Sans cette poudre magique, les Fées ne pourraient ni voler, ni travailler. Il en apporte une coupe pleine, qu'il vide sur le pissenlit. Et enfin, la nouvelle Fée apparaît ! Elle a de longs cheveux blonds et de magnifiques yeux bleus…

Tout le monde lui souhaite en chœur :

— Bonjour !

C'est à ce moment que la Reine Clarion arrive. Qu'elle est belle dans sa robe de lumière !

Les quatre Ministres des Saisons s'inclinent avec respect. La reine déclare d'un ton solennel :

— Née d'un éclat de rire, le bonheur t'a menée jusqu'à moi. Sois la bienvenue dans la Vallée des Fées !

Puis elle l'aide à déployer ses ailes. Il ne reste plus qu'à découvrir son talent !

D'un geste, la Reine Clarion forme un cercle de champignons. Les Fées y déposent ensuite chacune un objet lumineux, symbole de leurs pouvoirs.

Une goutte bleue pour les Fées des Eaux, qui maîtrisent les mers et les rivières. Un lys blanc pour les Fées des Jardins, qui prennent soin des fleurs et des plantes. Une boule de feu pour les Fées des Lumières, qui dirigent le soleil et les arcs-en-ciel. Un œuf de caille pour les Fées des Animaux, qui protègent chaque bête. Un mini-tourbillon pour les Fées Voltigeuses, qui commandent au vent…

L'apprentie Fée est émerveillée. Comment savoir laquelle de ces choses extraordinaires elle doit choisir ? La Reine Clarion lui sourit.

— Aie confiance. Tu le sentiras.

La jeune Fée n'hésite plus. Elle trouve le lys si joli qu'elle décide de le toucher... et il perd sa belle couleur ! Elle soupire :

— Dommage ! Je ne suis pas une Fée des Jardins…

Elle continue de chercher. Mais elle n'est pas non plus une Fée des Eaux. Ni une Voltigeuse…

Elle réfléchit. Elle devrait peut-être juste écouter son cœur ! D'ailleurs, il bat très fort devant le marteau des Bricoleuses. Mais elle n'essaie pas de le prendre, celui-là. Elle ne pense pas appartenir à ce genre de Fées !

Pourtant, le marteau se met à flotter jusqu'à elle. Une lumière éblouissante s'en dégage !

— Oh !

Les Fées n'en reviennent pas. Jamais un objet-symbole n'a encore autant scintillé ! Cette petite Fée a sûrement un talent exceptionnel. Elles l'applaudissent en criant « bravo ! ». Seule Vidia, une Voltigeuse, fronce les sourcils d'un air jaloux…

Mais personne n'y fait attention, car la Reine Clarion s'exclame :

— Approchez, les Bricoleuses, et souhaitez la bienvenue à la nouvelle Fée de votre équipe : Clochette !

Maintenant, la cérémonie

d'accueil est terminée. La Reine Clarion disparaît et aussitôt, deux Bricoleurs surgissent.

— Bien le bonjour et bien le bonjour, Miss Clochette !

Clochette plisse le nez, surprise. Ils sont vraiment moins gracieux que les autres Fées. Et ils ne sont pas très discrets : ils bousculent tout sur leur passage ! Le grand costaud parle le premier.

— Je m'appelle Clark !

Mais son ami à lunettes l'interrompt :

— Nom d'une écharde, Clark, arrête de postillonner !

Puis il s'avance à son tour.

— Philéas Théo Jasmin à votre service, chère madame !

Clark se moque de lui. Il en fait beaucoup trop ! Il recommence les présentations.

— Moi, c'est Clark, Miss Clochette. Et lui, on l'appelle Gabble !

« Clark le grand, et Gabble avec des lunettes », se répète la Fée.

Elle est intimidée. Ces deux-là sont de vrais moulins

à paroles ! En plus, Gabble la fixe avec de gros yeux ronds et lance brusquement :

— Vous êtes aussi belle qu'une pile de planches de bois verni !

Quel compliment bizarre ! Clochette bredouille :

— Heu… Merci !

Gabble la prend joyeusement par la main et l'entraîne dans le ciel avec Clark.

— Venez, Miss Clochette. Nous avons plein de choses à vous montrer...

Il est temps de faire visiter la Vallée des Fées à leur nouvelle amie !

Chapitre 2

La Vallée des Fées

— Vous arrivez au moment le plus merveilleux de l'année, Miss Clochette ! s'écrie Clark.

— On doit bientôt changer de saison. Dans la Vallée des Fées, il existe d'ailleurs un royaume pour chaque époque de l'année, explique Gabble.

Ils survolent justement la Forêt d'Hiver, où les Fées des

Neiges rentrent chez elles. L'hiver est presque fini !

Ils continuent leur chemin. Les Fées d'Automne préparent lentement l'arrivée de leur saison.

Ils traversent ensuite la Clairière d'Été. Ici, les Fées profitent de leurs vacances. Elles prennent des forces car l'été ne va plus tarder…

Mais d'abord, il y a le printemps ! Gabble s'exclame :

— C'est ma saison préférée ! On est justement en train de terminer les préparatifs !

Clochette admire le spectacle : les Fées des Lumières créent de magnifiques arcs-en-ciel. Les Fées des Jardins plantent des coquelicots. Les Fées des Animaux donnent leurs couleurs aux ailes des coccinelles.

— Maintenant, venez voir où nous habitons !

Clark et Gabble accélèrent. Et, au détour d'une colline tapissée de pâquerettes, Clochette découvre le Refuge des Bricoleurs.

Quelle déception ! Ce n'est qu'un petit village de cabanes. Mais Clochette se tait. Ses amis en ont l'air fiers, elle ne veut pas leur faire de peine.

— Si je dois vivre ici, autant m'y habituer... souffle-t-elle.

Vu de près, le village lui plaît beaucoup, finalement.

Clark montre une cabane du doigt.

— Voilà votre maison, Miss Clochette.

La Fée s'envole jusqu'à la hutte toute ronde, un peu en hauteur. Elle répète :

— C'est vrai ? Cette maison est à moi ?

Clochette entre dans la cabane, suivie de près par ses nouveaux amis.

— Rien qu'à vous, assure Gabble. On espérait accueillir l'une des nôtres, aujourd'hui. Alors, on a tout prévu ! Il y a un lit-coquillage, un miroir, une table et trois tabourets... Et même des vêtements dans la penderie !

— Rejoignez-nous quand

vous vous serez changée. Fée Marie, notre chef d'atelier, a hâte de vous rencontrer !

Gabble et Clark sortent. Et Clochette choisit une robe en feuilles de lierre dans l'armoire.

Comme elle n'est pas du tout à sa taille, elle l'ajuste. Elle est vraiment très habile !

Elle relève ensuite ses cheveux en chignon, et elle file à l'Atelier.

Il est immense !

Clark et Gabble sont en train de travailler quand Clochette atterrit près d'eux.

Elle est très jolie, dans sa tenue améliorée de Bricoleuse. Gabble en perd ses lunettes ! La petite Fée regarde partout autour d'elle.

— Wahou ! Tout le monde a l'air archi-occupé !

Forcément : les Bricoleurs fabriquent tous les outils de la Vallée !

Clark et Gabble précisent en chœur :

— Sans notre talent, les saisons n'existeraient pas ! Notre devise, c'est : « Avec un marteau et des clous, on s'amuse comme des fous ! »

Fée Marie surgit. Elle demande sévèrement aux garçons :

— Vous avez réparé le chariot de livraison ?

Clark et Gabble ont oublié de remettre une roue. Ils n'osent pas l'avouer et se dépêchent de présenter Clochette pour détourner l'attention de leur chef. Fée Marie est enchantée.

Elle affirme que les mains délicates de Clochette seront parfaites pour bricoler !

Mais il est temps de livrer le matériel aux Fées de la Vallée. Clochette propose d'accompagner Clark et Gabble, et ils se mettent aussitôt en route.

Comme il manque une roue au chariot de livraison, Clark le

soulève d'un côté. Ce n'est pas facile d'avancer de cette façon !

Il supplie la souris qui tire le chariot :

— Ralentis, Fromage !

— Cette souris s'appelle Fromage ? s'étonne Clochette.

— Sûrement, Miss Clochette, car chaque fois qu'on prononce ce mot, elle arrive !

Les trois Bricoleurs traversent tranquillement un champ, quand un troupeau de Chardons Sauvages les attaque ! Ces mauvaises herbes sont très dangereuses… et terriblement effrayantes, avec leurs longues racines qui leur servent de pattes !

— Sauvons-nous !

Les Bricoleurs s'enfuient en hurlant… et *boum !* leur chariot s'écrase contre un arbre. Heureusement, des Fées de la Nature travaillent dans les parages. Quatre d'entre elles se précipitent à leur secours.

Une Fée des Animaux rassure Fromage :

— Du calme, petite. Noa est là !

— Du calme, petite. Ondine

est là ! l'imite une Fée des Eaux d'une voix moqueuse.

Iridessa, une Fée des Lumières, aide Clochette à se relever. Pourvu qu'elle ne s'évanouisse pas ! Elle lui prend brusquement les joues entre ses mains. Puis elle demande à ses amies, inquiète :

— Elle a l'air pâle ?

— Elle a surtout l'air écra-

bouillée ! répond Rosélia, une Fée des Jardins.

Oups ! Iridessa relâche Clochette en s'excusant.

Quand tout le monde s'est calmé, Clark et Gabble proposent une sélection de leur matériel aux Fées de la Nature.

— Qu'est-ce que tu penses de ce tube à arc-en-ciel, Iridessa ?

La Fée l'essaie immédiatement. Elle fait apparaître un arc-en-ciel dans un nuage de pluie dispersée par Ondine, puis elle l'emprisonne dans le tube.

— Fabuleux ! Je n'ai plus

qu'à l'emporter dans l'Autre Monde.

Clochette est fascinée.

— L'Autre Monde ? Qu'est-ce que c'est ?

— Le monde des humains ! explique Ondine. Nous allons y changer l'hiver en printemps…

— Tu vois, la deuxième étoile à partir de la gauche ? Eh bien, il suffit de la suivre, et on y est ! ajoute Iridessa.

Clochette rêve déjà de visiter cet Autre Monde.

Ce doit être une aventure formidable, d'y apporter le printemps !

Chapitre 3

L'Autre Monde

Il reste beaucoup de livraisons à faire. Clark, Gabble et Clochette se dépêchent d'avancer, quand un éclair violet leur coupe la route ! C'est Vidia, la Fée la plus rapide de la Vallée. Elle voltige à droite, à gauche : elle va tellement vite que les Bricoleurs ont du mal à la suivre des yeux ! Elle passe de fleur en fleur pour récolter du pollen grâce à un mini-tourbillon de vent, qui aspire les graines et les amène jusque dans des pots.

Clochette aimerait tellement lui parler ! Alors, elle s'envole du chariot en promettant de rentrer plus tard. Les deux Bricoleurs continuent leur chemin, et Clochette arrive derrière Vidia.

— Bonjour !

La Fée Voltigeuse sursaute. Résultat : tout le pollen qu'elle a récolté se renverse. Vidia fronce les sourcils. Clochette bredouille :

— Oups ! Désolée ! J'ai entendu Ondine t'appeler *Vidia*, le soir de mon arrivée. Tu te souviens de moi ?

— Tu es Clochette, la nouvelle Bricoleuse.

Vidia n'est jamais aimable. C'est une Fée solitaire et hautaine qui se croit meilleure que tout le monde. Clochette ne se laisse pas intimider.

— Et donc, toi, tu es une Fée des Pollens ?

— Je suis une Voltigeuse ! se vexe Vidia. J'ai le talent de l'air et du vent, le plus rare de tous. Sans nous, les autres Fées ne pourraient rien faire…

— Oui, c'est comme les Bricoleuses !

Vidia s'étrangle presque. Comment Clochette ose-t-elle la comparer à ces ridicules Fées ouvrières ?!

— Ma chérie… Moi, je commande les forces de la Nature. Toi, tu fabriques de vulgaires théières. Tu vois la différence ?

Non, Clochette ne la voit pas ! Elle se fâche :

— Quand j'irai dans l'Autre Monde pour y apporter le printemps, tu comprendras que les Bricoleuses sont très utiles, Vidia !

Mais ce qu'elle ignore, c'est que les Bricoleuses ne vont *jamais* dans l'Autre Monde. Par contre, Vidia, elle, est au courant. Elle ricane :

— Oh ! Je suis impatiente de voir ça, ma chérie !

Et elle s'envole à tire-d'aile. Furieuse, Clochette s'éloigne à son tour, bien décidée à prouver à cette vantarde de Voltigeuse qu'elle se trompe !

Elle longe la plage pour rentrer au Refuge. Tiens ! Les rayons du soleil se reflètent sur quelque chose, dans les fourrés... Curieuse, Clochette se pose dans le sable et découvre un tas d'objets étranges. Un grelot, un ressort, une pièce de monnaie, une épingle de nourrice, un morceau de cristal...

Elle pourrait en inventer, des merveilles, avec tout ça ! Et *hop !* elle les emporte à l'Atelier.

— Des objets trouvés ! s'exclame Clark.

Gabble hoche la tête et explique :

— Ils viennent de l'Autre Monde. Les hommes les perdent, et ils échouent sur les plages du Pays Imaginaire.

Clochette adorerait les garder, mais Fée Marie les lui confisque.

— Pas de bric-à-brac dans mon atelier ! Ce soir, la Reine Clarion inspecte nos préparatifs de printemps. Nous avons encore du travail !

« Parfait ! Je vais pouvoir montrer à Vidia ce que je suis capable de bricoler ! » pense Clochette.

Quelques heures plus tard, les Fées de la Musique sonnent le rassemblement au Square du Printemps, et le Ministre du Printemps annonce à la Reine Clarion que tout est prêt.

— Quand la Fleur Éternelle s'ouvrira, nous pourrons installer le printemps dans l'Autre Monde !

À cet instant, Clochette arrive en courant, des inventions plein les bras. Ouf ! Elle a terminé juste à temps ! Le problème, c'est que ses machines ne fonctionnent pas très bien. Même le Vaporisafleur n'est pas au point. Ses tuyaux envoient de la peinture dans tous les sens… et éclaboussent le Ministre du Printemps au lieu de colorer les fleurs !

Clochette est embarrassée. Elle assure :

— Un dernier petit réglage, et tout sera en ordre. Je pourrai l'emporter dans l'Autre Monde !

Tout le monde se regarde, un peu gêné. Clochette n'est donc pas au courant ? La Reine Clarion intervient :

— Les Fées Bricoleuses ne vont pas dans l'Autre Monde, Clochette. Ce sont les Fées de la Nature qui apportent les saisons.

Clochette est si déçue qu'elle préfère rentrer à l'Atelier. Fée Marie y travaille encore. Elle essaie bien de la consoler et lui conseille d'être fière de son fabuleux talent.

Mais Clochette s'entête : elle ira dans l'Autre Monde, un point c'est tout ! D'ailleurs, elle a un plan génial pour ça… devenir une Fée de la Nature !

Chapitre 4

À CHACUNE SON TALENT !

Dès le lendemain, alors que Terence distribue aux Fées la Poussière d'Étoile dont elles ont besoin pour la journée, Clochette demande à ses amies de lui enseigner leur talent. Rosélia hésite.

— Je ne sais même pas si on a le droit de faire ça !

Pourtant, elles acceptent,

car Clochette a l'air vraiment trop triste !

Ondine commence. Si Clochette veut être une Fée des Eaux, elle doit apprendre à déposer de la rosée sur les toiles d'araignée. Clochette se concentre, mais elle ne réussit pas à transporter les gouttes de rosée, et finit seulement par arroser ses amies ! Pourtant, elle fait de son mieux. Elle y passe même tout l'après-midi !

Quand elle comprend enfin qu'elle ne sera jamais une Fée des Eaux, le soir est arrivé. C'est l'heure idéale pour apprendre le talent des Lumières !

Mais Clochette n'a pas plus de succès : impossible de maîtriser les rayons du soleil ! Comment Iridessa fait-elle pour donner leur lumière aux lucioles ? Clochette essaie de toutes ses forces, mais c'est un échec… La seule chose qu'elle parvient à illuminer, c'est l'arrière de sa robe !

Et dire que, pendant ce temps, les pauvres Clark et Gabble ont fait de leur mieux pour cacher à Fée Marie que Clochette n'est pas venue travailler…

Après une bonne nuit de repos, Clochette décide finalement de passer à l'Atelier. Elle poursuivra son entraînement de Fée de la Nature après.

Pour le moment, elle a des théières en noisette à assembler, et elle est de très mauvaise humeur. Elle a déjà raté ses essais de Fée des Eaux et de Fée des Lumières. Et en plus, Fée Marie lui reproche son attitude !

— Clochette, tu as un don incroyable pour le bricolage. J'espérais que tu serais fière de ce talent… Tu me déçois beaucoup !

— Mais je veux être plus importante qu'une stupide Bricoleuse !

Clochette a parlé trop vite. Sans le vouloir, elle vient de faire de la peine à Clark et à Gabble. Elle voudrait bien s'excuser, seulement, elle ne trouve pas les mots qu'il faut.

Alors elle file prendre sa leçon de Fée des Animaux...

Clochette retrouve Noa au nid des mésanges bleues. Ce matin, son amie apprend aux oisillons à voler. Elle explique à Clochette qu'il faut leur sourire pour leur donner confiance. Ça les encourage à se lancer. Noa suit l'un des petits oiseaux dans sa première promenade hors du nid.

— À toi, Clochette ! Aide le dernier !

La Bricoleuse est nerveuse. Cette fois, elle veut réussir ! Elle s'applique. Elle se penche vers l'oisillon en souriant tellement... qu'il en tremble de peur !

— Alors, mon p'tit gars ? Tu veux faire du flip-flap aujourd'hui ?

Le petit oiseau secoue la tête : non, il ne veut pas, pas avec une Fée aussi bizarre !

Clochette s'obstine. Mais plus elle essaie de le forcer à voler, plus il s'affole. À la fin, il retourne même se cacher dans sa coquille !

Clochette soupire.

— Tant pis ! Je peux encore devenir une Fée des Jardins...

Soudain, elle aperçoit un faucon, dans le ciel. Comme il plane bien ! Il pourrait l'aider à convaincre l'oisillon de quitter son nid.

Et *hop !* elle file le chercher. Évidemment, elle ignore que les faucons sont les pires ennemis des Fées...

Mais les Fées Sentinelles surveillent la Vallée. Vite, elles sonnent l'alerte. Clochette est en danger !

Le faucon l'a repérée, il vient de la prendre en chasse. Il espère la capturer dans ses serres et n'en faire qu'une bouchée…

Clochette s'enfuit en direction de la forêt. Elle vole à gauche, puis à droite, mais elle n'arrive pas à semer le faucon. Alors elle fonce droit devant elle et plonge dans le tronc creux d'un vieil arbre… où se cache aussi Vidia !

Le faucon glisse son bec par le trou pour les attraper. La Voltigeuse est furieuse contre Clochette : elle a attiré le mangeur de Fées !

Si elles veulent s'échapper, elles n'ont pas le choix : elles doivent se laisser glisser vers le bas du tronc... Mais Clochette trébuche et bouscule Vidia, qui atterrit entre les serres du faucon affamé !

Aussitôt, les Fées de la Nature surgissent des bois. Elles bombardent l'oiseau de baies et de noisettes jusqu'à ce qu'il se sauve, effrayé. Heureusement, Vidia n'est pas blessée. Par contre, elle en veut beaucoup à Clochette.

La petite Bricoleuse soupire, un peu vexée. Décidément, elle n'a pas de chance ! Et elle part bouder sur la plage. Cachée sous des feuilles, elle jette des graviers autour d'elle pour se calmer.

— Si ça continue, je ne pourrai jamais aller dans l'Autre Monde !

Tout à coup, elle entend un

drôle de *ting !* dans les buissons. Un gravier a rebondi sur quelque chose…

Intriguée, Clochette cherche d'où vient le bruit et découvre un merveilleux objet en mille morceaux ! Il y a des rouages, un socle, une danseuse en porcelaine…

Elle n'a aucune idée de ce que c'est. Mais il suffit qu'elle étudie deux minutes le mécanisme pour comprendre comment réparer le moteur. Puis, elle replace la belle ballerine sur le socle.

Ondine, Rosélia, Noa et

Iridessa ont tout observé discrètement. Elles surgissent des fourrés.

— Magnifique, Clochette ! Tu vois, c'est ça, le talent de Bricoleuse !

Clochette tape du pied avec colère.

— Pourquoi tu dis ça, Rosélia ? Tu ne veux plus

m'aider à être une Fée des Jardins ?!

— Je dis juste que tu devrais réfléchir un peu…

— J'ai déjà pris ma décision : j'irai dans l'Autre Monde, que ça vous plaise ou non ! s'écrie Clochette en s'envolant.

Elle ne changera pas d'avis, car elle a un nouveau plan : demander à Vidia de lui apprendre le talent de Voltigeuse !

Elle fonce jusque chez elle, loin à l'écart des autres maisons de la Vallée. Mais Vidia refuse de lui parler. Clochette insiste :

— Tu es mon dernier espoir, Vidia. Même Rosélia m'a laissée tomber. Pourtant, j'aurais pu faire une excellente Fée des Jardins…

À ces mots, Vidia sourit. Elle ouvre finalement sa porte et ricane :

— Oh, mais dans ce cas, je connais le moyen idéal de le lui prouver, ma chérie : capture les Chardons Sauvages !

Chapitre 5

Il faut sauver le printemps !

— Tu es prête, Fromage ?

Clochette ouvre l'enclos où elle compte emprisonner les Chardons Sauvages. Elle suit les conseils de Vidia. Mais elle devrait se méfier : la Voltigeuse est très rancunière !

Et puis, Fromage déteste les Chardons Sauvages. Elle n'a pas du tout envie de leur courir après !

— Ce ne sont que des herbes sur pattes, Fromage. Tu verras, on y arrivera !

Fromage avance prudemment dans le champ. Soudain, Clochette repère des Chardons Sauvages. Elle brandit deux grandes cannes recourbées.

— Yah ! En avant, Fromage !

Assise sur le dos de la souris, Clochette capture les Chardons Sauvages en les attrapant par le cou avec ses deux longues cannes. La méthode est efficace : elle les guide comme ça jusque dans l'enclos qu'elle referme aussitôt.

Vidia est verte de rage. Elle voulait se venger... pas que Clochette réussisse ! Et *vlan !* Elle commande au vent d'ouvrir la barrière de l'enclos !

Clochette et Fromage ne remarquent rien. Elles poursuivent déjà d'autres chardons ! Mais ceux que Vidia a libérés les rejoignent. Et bientôt, c'est tout un troupeau de mauvaises herbes paniquées qui s'enfuit, pourchassé par Clochette. La Fée les oblige à rentrer dans l'enclos, mais les Chardons Sauvages sont si nombreux qu'ils brisent les barrières et détalent droit vers le Square du Printemps !

— Oh non, Fromage ! Il faut absolument les arrêter !

Les Chardons Sauvages foncent à travers la clairière où travaillent les Fées de la Nature. C'est une catastrophe ! Ils détruisent tout sur leur passage ! En moins d'une minute, il ne reste plus rien des préparatifs du printemps...

Quel horrible gâchis ! Clochette est désolée.

Rosélia s'approche d'elle.

— Qu'est-ce qui t'a pris, Clochette ? Aucune Fée des

Jardins n'est capable de capturer les Chardons Sauvages, voyons !

La petite Fée Bricoleuse retient un sanglot. Elle voulait juste pouvoir visiter l'Autre Monde, elle aussi…

La Reine Clarion apparaît alors dans la clairière dévastée.

— Par la Deuxième Étoile ! murmure-t-elle tristement.

— Tout est ma faute, avoue Clochette, la tête basse. Je vous demande pardon !

Mais la reine n'a pas le temps d'écouter ses excuses. Il faut d'urgence trouver une solution ! Elle rentre au Grand Arbre pour convoquer les Ministres des Saisons. La Fleur Éternelle va éclore le lendemain, il n'y a pas de temps à perdre. Et si les Fées ne peuvent pas apporter le printemps chez les hommes à ce moment-là, la neige ne fondra pas. Les bourgeons ne pousseront pas, il n'y aura aucun fruit mûr en été, et rien à récolter en automne.

La Reine Clarion appelle Fée Marie.

— Avons-nous le temps de réparer les dégâts et de recommencer nos préparatifs ?

La Bricoleuse en chef consulte son calendrier, puis elle conclut :

— Malheureusement non, Votre Altesse…

Aussitôt, les Ministres se lamentent.

— Tout est perdu, les saisons n'existeront plus ! Qu'allons-nous devenir ?

Bientôt, toute la Vallée des Fées est au courant de cette terrible nouvelle. Jamais le Pays Imaginaire n'a connu un tel drame ! Clochette se sent si coupable qu'elle décide de quitter la Vallée...

Elle se rend au Puits de Poussière d'Étoile, prendre de quoi partir… pour toujours.

— Pour toujours, c'est plutôt long, comme voyage, souffle Terence.

Et il lui verse une double ration de poudre magique sur la tête.

— Merci, Terence…

— Tu connais mon nom ? Je ne suis pourtant pas important, dans la Vallée des Fées !

— Oh, mais au contraire ! Sans toi, on manquerait de Poussière d'Étoile. Tu peux être fier de ton talent. Grâce à lui, tu es unique !

— Exactement, Clochette ! Et c'est pareil pour *toutes* les Fées…

Clochette se rend brusquement compte qu'elle s'est trompée. Être une Bricoleuse, ce n'est pas si mal que ça… Et ses amis ont sûrement besoin d'elle, dans la Vallée. Au lieu de s'enfuir, elle ferait mieux de les aider à sauver le printemps !

Elle sourit à Terence. Grâce à lui, elle a enfin compris son erreur. Et *hop !* elle fonce à l'Atelier.

Comme il est tard, Clochette peut bricoler tranquillement. Avec les objets trouvés, elle veut fabriquer des machines qui permettront aux Fées de travailler cent fois plus rapidement…

— Si je réussis, on aura le temps de refaire tous nos préparatifs de printemps !

D'ailleurs, Clochette a déjà une idée…

Peu après, au Square du Printemps, la Reine Clarion annonce aux Fées qu'ils sont obligés d'annuler le changement de saison, quand Clochette arrive, essoufflée.

— Attendez ! Je sais comment on peut tout arranger !

Elle brandit un appareil qui

sert à peindre les ailes des coccinelles en moins de trois secondes. Et cette fois, ça fonctionne !

— J'ai des tas d'autres inventions qui nous permettront de préparer le printemps vite fait, bien fait !

— Très bien, Clochette, accepte la Reine Clarion. Montre-nous ça !

Mais Vidia est jalouse. Elle proteste :

— On ne va quand même pas faire confiance à cette Bricoleuse ? C'est à cause d'*elle*, que le printemps est gâché !

Clochette rougit de colère. Quelle peste, cette Voltigeuse !

— J'ai peut-être fait des bêtises, Vidia, mais j'essaie de les réparer ! Tu sais ce que ça veut dire, toi : aider les autres ?

— Bien sûr, ma chérie ! Je t'ai conseillé de capturer les Chardons Sauvages, n'oublie pas…

Vidia se tait brusquement. Elle vient de se trahir ! Maintenant, tout le monde sait d'où vient l'idée bizarre de la petite Bricoleuse.

— Mais alors... Clochette n'est pas la seule responsable ! intervient la Reine Clarion d'un ton sévère. Vidia, tu lui as joué un très mauvais tour ! Pour te faire pardonner tu devras ramener les Chardons Sauvages à la Prairie du Point de Croix !

Puis elle se tourne vers Clochette.

— Si je te laisse faire, tu réussiras, et tout sera prêt à temps ?

— Oui, Votre Majesté. Parce que je suis une vraie Fée Bricoleuse !

Chapitre 6

Mission accomplie

Clochette a besoin d'un coup de main pour tout réparer. Clark et Gabble se portent volontaires.

— À vos ordres, Miss Clochette !

Puis Ondine, Noa, Rosélia, Iridessa et toutes les Fées se joignent à eux. Le courage de Clochette leur redonne de l'espoir !

Elle dirige les opérations d'un ton ferme :

— Apportez-moi des brindilles, de la sève, et tous les objets trouvés que vous pourrez ramasser !

Les Fées partent dans tous les sens en volant le plus vite possible. Bientôt, elles rassemblent assez de matériel pour construire des dizaines de machines. Clochette est très maligne. Elle invente par exemple un ramasse-graines géant. Et des écrase-baies mécaniques qui donnent des seaux entiers de peinture pour les fleurs !

Au matin, la Fleur Éternelle s'ouvre comme prévu. Mais Fée Marie est satisfaite… car les préparatifs de printemps sont terminés !

La Reine Clarion et les Ministres des Saisons viennent saluer la victoire des Fées, qui se mettent à applaudir !

La reine félicite Clochette :

— Tu as réussi, chère petite. Tu as sauvé le printemps !

— Nous avons *tous* réussi, corrige Clochette, un peu émue.

Ondine avance alors d'un pas. Elle a une faveur à demander.

— Reine Clarion, est-ce que Clochette peut venir avec nous dans l'Autre Monde ?

— Oui, approuve Fée Marie. Bonne idée !

Clochette est très étonnée. Surtout que la Bricoleuse en chef fait soudain signe à Clark et à Gabble d'approcher avec leur chariot. À l'intérieur, Clochette reconnaît la belle ballerine en porcelaine de la plage !

— Surprise, Miss Clochette !

— On a trouvé votre petite danseuse !

Fée Marie explique :

— Tu as su réparer cet objet mystérieux, Clochette. Il y a longtemps, j'ai essayé, moi aussi, mais j'ai dû abandonner : je n'ai jamais compris comment il fonctionnait. Tu as un talent vraiment exceptionnel !

Clochette est très flattée. Fée Marie continue :

— Sa propriétaire doit regretter ce beau jouet. Alors, je crois qu'en fin de compte, tu pourrais être utile dans l'Autre Monde. Tu as mérité de le lui rapporter *toi-même* !

La Reine Clarion hoche la tête. Clochette s'incline avec respect.

— Merci, Votre Altesse. Au fait, comment je saurai à qui appartient la danseuse ?

— Aie confiance. Tu le sentiras.

Clochette se jette au cou de Fée Marie, puis elle rejoint les colombes chargées de livrer les merveilles du printemps avec les Fées.

Terence vient lui offrir un gros sachet de Poussière d'Étoile, pour l'Autre Monde.

— C'est très gentil, Terence !

— Bonne chance, Clochette, souffle-t-il en souriant.

Son cœur bat fort. La petite Fée va lui manquer !

Le Ministre du Printemps donne le signal du départ, et c'est une armée de colombes et de Fées de la Nature qui partent en riant chez les humains ! Pour la première fois, trois Bricoleurs participent à l'expédition. Clochette, bien sûr. Mais aussi Clark et Gabble… qui portent la danseuse !

Le voyage est fantastique : ils contournent la deuxième étoile à partir de la gauche, ils traversent les nuages… et arrivent dans une ville, au milieu de la nuit. Clochette contemple les rues. Alors c'est ça, l'Autre Monde ? C'est si beau, si calme !

Les réverbères brillent dans le noir. Il reste encore de la neige sur les toits. Dire que le lendemain matin, à leur réveil, les humains découvriront que l'hiver est fini…

… À condition de vite installer le printemps, bien sûr ! Le Ministre donne des ordres :

— Des Fées vers le Nord, le Sud, l'Est et l'Ouest !

Clochette assiste, enchantée, au changement de saison.

Avec une simple pincée de Poussière d'Étoile, le givre fond.

Ondine, elle, dégèle l'étang pour arroser le parc, où

Rosélia fait fleurir des boutons-d'or. Iridessa profite des gouttes de rosée du matin pour dessiner un superbe arc-en-ciel parmi les nuages… Et Noa sort les écureuils de leur hibernation en leur mouillant un peu le museau.

La Fée Bricoleuse applaudit. C'est merveilleux : les talents de la Nature ont tous besoin les uns des autres !

Mais déjà, le jour se lève. Et Clochette doit encore rendre la danseuse de porcelaine avant de regagner le Pays Imaginaire.

« Je dois trouver où habite l'enfant qui l'a perdue », se dit-elle.

C'est le moment d'utiliser la Poussière d'Étoile de Terence. Elle verse le contenu du sachet sur le jouet, qui devient aussi léger qu'une plume. Le sort durera juste quelques minutes. Il faut se dépêcher !

Elle prend la danseuse par le bras et s'envole au-dessus

des toits. Il y a tellement de maisons à fouiller...

La Bricoleuse se déplace de fenêtre en fenêtre. Tout à coup, la Poussière d'Étoile se met à briller très fort devant une chambre pleine de jouets.

Vite, Clochette dépose la ballerine sur le rebord en bois. Puis elle frappe au carreau et file se cacher derrière une cheminée.

Une adorable fillette vient ouvrir la fenêtre. En apercevant le jouet qu'elle avait perdu, elle pousse un petit cri de joie. Puis elle enfonce une clef

dorée dans le socle de l'objet. Elle remonte le mécanisme, et la danseuse se met à tourner au son d'une douce mélodie.

Clochette observe la scène avec intérêt. Comme ça, ce jouet mystérieux est une boîte à musique ! La petite fille est si heureuse de la retrouver, et réparée, en plus ! Elle s'exclame :

— Maman ! Viens voir !

— Qu'est-ce qu'il y a, Wendy ?

Sur le toit, Clochette virevolte en agitant fièrement ses ailes : *ding-deling !* Sa mission est accomplie, elle peut s'en aller ! Mais elle reviendra un jour, car Wendy croit assez aux Fées pour leur ouvrir sa fenêtre…

Clochette rentre gaiement au Pays Imaginaire, en compagnie de ses amis. Elle sait enfin à quel point son talent est important. Elle répare, invente, fabrique pour faire plaisir aux autres…

Oui, être une Fée Bricoleuse, il n'y a rien de mieux !

Fin

La fée Clochette
revient bientôt
dans de nouvelles aventures

Pour connaître
la date de parution
du prochain tome,
inscris-toi à la
newsletter du site :
www.bibliothequerose.com

Table

« Pour l'éditeur, le principe est d'utiliser des papiers composés de fibres naturelles, renouvelables, recyclables et fabriquées à partir de bois issus de forêts qui adoptent un système d'aménagement durable. En outre, l'éditeur attend de ses fournisseurs de papier qu'ils s'inscrivent dans une démarche de certification environnementale reconnue. »

Imprimé en France par Jean-Lamour - Groupe Qualibris
Dépôt légal : juillet 2010
20.02.1793.7/04 – ISBN 978-2-01-201793-1
Loi n°49-956 du 16 juillet 1949
sur les publications destinées à la jeunesse